VENTE

du Lundi 27 Octobre 1913

HOTEL DROUOT, SALLE N° 12

A 2 HEURES

EXPOSITION PUBLIQUE

Le Dimanche 26 Octobre

DE 2 HEURES A 6 HEURES

MEUBLES

Anciens et Modernes

OBJETS D'ART

BIJOUX, TAPIS

Me ROBERT BIGNON

COMMISSAIRE-PRISEUR

41, Rue de la Victoire

MM. BRANDICOURT & BOURDIER

EXPERTS

144, Rue de Courcelles

C. Chaufour, Imprim.
6-8, Rue Milton, Paris

CATALOGUE

DES

MEUBLES

ANCIENS ET MODERNES

Commodes, Bureaux, Secrétaires, Guéridons
Poudreuses, Consoles, Tables à ouvrages
Salon Art nouveau, Piano, Buffets, Méridienne
Salon de style Louis XVI

OBJETS D'ART

Statuettes, Vases, Miniatures, Lustres, Pendules
Boîtes, Glaces, Ecrans, Tableaux, etc.

BIJOUX

TAPIS, BRODERIES, ÉTOFFES

DONT LA VENTE AURA LIEU

HOTEL DROUOT — SALLE N° 12

Le Lundi 27 Octobre 1913

à deux heures

———

Mᵉ ROBERT BIGNON	**MM. BRANDICOURT & BOURDIER**
COMMISSAIRE-PRISEUR	EXPERTS
41, Rue de la Victoire	144, Rue de Courcelles

———

EXPOSITION PUBLIQUE

Le Dimanche 26 Octobre 1913, de 2 à 6 heures

CONDITIONS DE LA VENTE

La vente sera faite expressément au comptant.

Les acquéreurs paieront 10 o/o en sus des enchères.

L'exposition mettant le public à même de se rendre compte de l'état des objets, il ne sera admis aucune réclamation une fois l'adjudication prononcée.

DÉSIGNATION

OBJETS DE VITRINE. BIJOUX

1 — Miniature : Portrait de femme, dans un cadre noir.

2 — Miniature représentant Madame de Lamballe ; cadre en bronze.

3 — Pendentif avec croix en or.

4 — Broche en corail sculpté, à tête de femme ; monture en or.

5 — Broche en corail sculpté, à branche de fleurs ; monture en or.

6 — Encrier en argent ciselé et gravé.

7 — Bague or et platine, un rubis, entourage brillants.

8 — Bague or et platine, pierre fantaisie, entourage brillants.

9 — Bague or, un diamant.

10 — Bague or, lion tenant un brillant.

11 — Montre de dame en or, roses et rubis.

12 — Montre de dame en or, roses et saphirs.

13 — Bague une émeraude, entourage brillants.

14 — Boîte à mouches en argent et émail, ornée sur le couvercle d'une miniature représentant une femme en collerette.

15 — Boîte en argent et émail, ornée sur le couvercle et les côtés de scènes galantes.

16 — Petit paravent à deux feuilles, ornées de miniatures représentant Marie-Antoinette et Louis XVI; monture en bronze doré.

17 — Boîte en bronze doré, ornée d'une miniature style Louis XVI.

18 — Service à fruits en argent.

OBJETS D'ART

19 — Pendule en marqueterie d'écaille et de cuivre, ornée de bronze doré; style Louis XV.

20 — Statuette en bronze doré, tête en ivoire.

21 — Châsse en cuivre repoussé, ornée de peintures et de pierres de couleurs.

22 — Coquille camée, XVIIIᵉ siècle.

23 — Tête de jeune femme en marbre.

24 — Groupe en bronze : Colléoni de Venise.

25 — Lustre en bronze, garniture cristaux à six lumières.

26 — Lustre en bronze, garni de cristaux à trois lumières électriques, de style Louis XVI.

27 — Lustre en bronze, garni de cristaux à sept
lumières électriques, style Louis XVI.

28 — Statuette de Vierge lisant.

29 — Flambeau en bois doré, de style Louis XVI.

30 — Groupe en bronze : Cheval et chien. Signé
P.-J. Mène.

31 — Statuette en bronze : Chasseur. Signée
Pradiet.

32 — Statuette en bronze : Pêcheur. Signée
Pradiet.

33 — Paire de vases en porcelaine blanche,
décor bleu et or sur socle en bronze; style
Louis XVI.

34 — Encrier en faïence décorée, soutenu par
quatre chinois.

35 — Paire de vases en porcelaine décorée, à
guirlandes et scènes galantes dans des médaillons. Style Louis XVI.

36 — Deux bouteilles en porcelaine gros bleu, décor à fleurs et oiseaux dans des médaillons.

37 — Groupe en Capodimonte.

38 — Cruche en faïence italienne décorée.

39 — Paire de grands vases à pharmacie en faïence.

40 — Paire de vases en faïence de Deruta.

41 — Paire de vases en faïence italienne décorée.

42 — Paire de vases en faïence de Savone.

43 — Guitare.

44 — Plateau en émail de Canton, fond bleu et fleurs polychromes.

45 — Vase-potiche à dessins Louis XVI. Travail de Canton.

46 — Vase indien en cuivre émaillé.

47 — Plateau en bois de fer incrusté de nacre, fleurs et personnages.

48 — Cafetière Empire en porcelaine décorée et dorée.

49 — Flacon en verre décoré.

5o — Vase en verre gravé.

5i — Christ en croix en ivoire.

52 — Boîte à jetons en écaille.

53 — Deux boîtes en laque de Chine.

54 — Environ trois cents jetons en ivoire et nacre.

55 — Petit coffret garni de trois flacons à odeur.

56 — Glace de style Louis XV en bronze argenté garnie de deux flambeaux.

57 — Plaque en bronze avec sujet femme.

58 — Coupe-papier et plateau incrustés de nacre.

59 — Paire de chenêts en bronze doré, de style Louis XVI.

60 — Deux timbales en argent gravé.

61 — Paire de potiches couvertes en porcelaine de Chine, fond bleu.

62 — Grand vase couvert, en Satzuma.

63 — Quatre vitraux de fenêtre.

64 — Gravure en noir représentant trois jeunes femmes lisant.

65 — Cadre en bois sculpté.

66 — ECOLE FRANÇAISE. Scènes galantes.

Deux dessus de portes. Cadres en bois sculpté.

67 — ECOLE FRANÇAISE. Portrait de femme.

Pastel. Cadre en bois.

MEUBLES

68 — Table à ouvrage Empire en noyer.

69 — Commode de poupée Empire en noyer, à trois tiroirs.

70 — Petite psyché, cadre et monture en bois noir.

71 — Bois de canapé.

72 — Deux fauteuils Louis XVI en bois naturel.

73 — Grand fauteuil Louis XVI.

74 — Table-console Empire en acajou, dessus en marbre blanc.

75 — Table rognon en marqueterie de bois de style Louis XVI.

76 — Salon en bois sculpté et doré à médaillons recouvert de soierie verte, composé d'un canapé, deux fauteuils et deux chaises. Style Louis XVI.

77 — Table tricoteuse en acajou à trois étagères. Style Louis XVI.

78 — Devant de feu à trois feuilles garnies d'étoffe, monture en bois. Style Louis XVI.

79 — Table bijoutière en acajou de style Louis XVI.

80 — Bureau d'enfant en bois de rose, muni d'un classeur sur le dessus.

81 — Table à thé en noyer sculpté à deux étagères cannées, dessus en marbre. Style Louis XVI.

82 — Table de salon en bois sculpté et doré, dessus en marbre rouge. Style Louis XVI.

83 — Jardinière et son pied en bois sculpté.

84 — Console en acajou à dessus de marbre entouré d'une galerie de cuivre. Style Louis XVI.

85 — Petit bureau de dame en bois de rose, le casier du dessus fermant à deux portes vitrées. Style Louis XVI.

86 — Commode Louis XVI en noyer et marqueterie, garnie de bronzes, munie de trois tiroirs.

87 — Commode Louis XV en marqueterie et palissandre munie de quatre tiroirs, chutes et poignées en bronze, dessus en marbre.

88 — Poudreuse en bois de rose à deux tiroirs et tirette. Style Louis XVI.

89 — Meuble d'appui en marqueterie, dessus en marbre. Style Louis XVI.

90 — Petit meuble en noyer à trois tiroirs de style Louis XVI.

91 — Coffre en bois naturel sculpté.

92 — Petite table écritoire en bois de rose et palissandre, munie d'un écran mobile. Style Louis XV.

93 — Table de chevet en bois de rose à deux portes et tablette dans le bas. Style Louis XVI.

94 — Guéridon en acajou à deux étagères en acajou, dessus marbre. Style Louis XVI.

95 — Table à ouvrage en acajou, l'intérieur orné d'une glace.

96 — Tricoteuse en acajou avec tablette.

97 — Guéridon Empire, le dessus en marqueterie à damiers.

98 — Secrétaire Empire en acajou à abattant et colonnes garnies de bronzes.

99 — Table à ouvrage en acajou.

100 — Bureau en bois de rose de style Louis XVI.

101 — Secrétaire Louis XV en bois de citronnier, garni d'une glace.

102 — Deux fauteuils en noyer sculpté à filets or de style Louis XIV.

103 — Petite table en bambou.

104 — Chaise longue recouverte de soierie.

105 — Bureau ministre en noyer, garni de cinq tiroirs, dessus en cuir.

106 — Guéridon en acajou garni de bronze de style Louis XVI.

107 — Tabouret en bois doré recouvert de tapisserie.

108 — Table en bois sculpté avec étagère.

109 — Buffet bas en bois sculpté peint gris, s'ouvrant à deux portes et deux tiroirs. Style Louis XVI.

110 — Bergère Louis XVI en bois peint gris, recouverte d'étoffe à fleurs.

111 — Chaise longue en bois sculpté peint gris, foncée de canne. Style Louis XVI.

112 — Guéridon en acajou à deux étagères à dessus de marbre. Style Louis XVI.

113 — Deux fauteuils en bois sculpté, recouverts d'imitation de tapisserie de style Louis XIV.

114 — Commode Régence en noyer.

115 — Guéridon en acajou, dessus en marbre entouré d'une galerie de cuivre. Style Louis XVI.

116 — Commode Louis XVI en bois de rose, s'ouvrant à trois tiroirs, dessus en marbre.

117 — Méridienne en acajou à col de cygne, recouverte de soie jaune.

118 — Armoire en acajou.

119 — Jardinière de forme rectangulaire et son pied.

120 — Commode acajou et cuivre.

12; — Piano droit de la maison Oor, de Bruxelles.

122 — Salon art nouveau, composé d'un canapé, deux fauteuils et deux chaises recouverts de velours vieil or. Maison MAJORELLE.

123 — Une table à thé art nouveau. Maison MAJORELLE.

124 — Bureau ministre art nouveau, dessus glace. Maison MAJORELLE.

125 — Fauteuil de bureau art nouveau. Maison MAJORELLE.

126 — Petite étagère art nouveau. Maison MAJORELLE.

TAPIS, BRODERIES, ÉTOFFES

127 — Tapis Shirvan fond bleu, bordure à dessins grecs.

128 — Tapis de Smyrne fond rouge à dessins polychromes.

$2^m \times 2^m 50$ environ.

129 — Deux portières de Karamanie.

130 — Petit tapis de Boukara.

131 — Tapis persan fond rouge à médaillons et bordure bleue.

$2^m 40 \times 1^m 70$ environ.

132 — Tapis de galerie persan velouté fond marron, bordure rose.

133 — Tapis de Smyrne fond rouge, vert et bleu.

$2^m 5o \times 2^m$ environ.

134 — Tapis persan fond rose, dessins à palmes.

135 — Deux portières de mosquées, broderies d'or sur fond velours.

136 — Panneau brodé sur fond velours.

137 — Portière persane en toile imprimée à deseins archaïques.

138 — Panneau en toile imprimée à dessins archaïques.

139 — Couvre-lit en satin bleu brodé or et soie, dessins à fleurs et animaux.

140 à 145 — Environ vingt-cinq pièces broderies et étoffes diverses.

146 — Bande d'environ sept mètres de tapisserie
au point.

147 — Bandeau de cheminée en perles.

148 — Objets omis.

RED. :

16

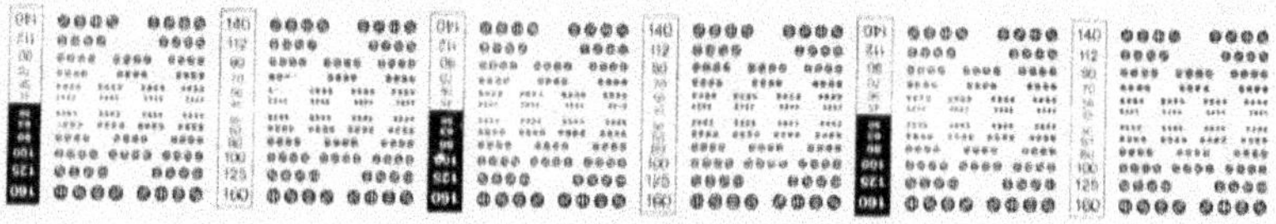

www.ingramcontent.com/pod-product-compliance
Lightning Source LLC
LaVergne TN
LVHW021807060726
842528LV00003B/1195